PARA MIS LECTORES:

Este libro se presenta en su forma original y es parte de la experiencia vivida en un país que no voy a nombrar porque al final puede ser cualquier país que bajo un macabro y lento plan logran hacer creer a su pueblo que lo van a ayudar a estar mejor y caen ingenuamente manipulados creyendo que sin producción el país va a expandirse, y sin saber que han votado por la propia destrucción de su patria. Después verán el interminable éxodo fuera de su territorio y demasiado tarde se darán cuenta de que son esclavos y que ya nada pueden hacer.

POEMAS PROHIBIDOS

Lo que no puedes creer

POEMAS PROHIBIDOS

Lo que no puedes creer

LILIA ROVIRA

POEMAS PROHIBIDOS

Lo que no puedes creer

LILIA ROVIRA

Primera edición FECHA

No. **ISBN:** 9798408275861

Sello: Independently published

Editado porwww.POEMASPROHIBIDOS.com

Impreso en Estados Unidos

La tinta que utilizamos no tiene cloro y el papel no lleva ácido y tiene un certificado forestal ya que está fabricado con el 30% de residuos.

Contenido

Niño Subdesarrollado

Niño que débil vas

Con padres desaliñados

Que buscan tener paz

99En este país subdesarrollado

----------- . -----------

juguete roto que muestra

que adultos sin corazón

por estar en una fiesta

ya perdieron la razón

----------- . -----------

Sin medios y sin poder

recuperar la niñez

feliz que te merecías

te miro así entristecer

------------ . ------------

Y tu futuro es incierto

debido a tu desnudez

aunque si bien es cierto

perderás la timidez

------------ . ------------

Y si te esfuerzas con ganas

te forjarás tu futuro

saltarás así el muro

de tristeza temprana

Mi país prestado

Me acongoja el pensar

que éste mi país prestado

se convierta en un desaguisado

sin poderlo salvar

------------ . ------------

Divisiones, construcciones

luchas sin ton ni son

llevando a la desazón

alimentando pasiones

------------ . ------------

Héroes sin gloria apenas

pueblo humilde corazón

así perdiendo la razón

fluye en amarga pena

------------ . ------------

Quien te duele mi país

este mi país prestado

agradezco que me has dado

fuerza para crear raíz

La espera por el Presidente

Que ya viene el Presidente

gritan todos por doquier

y yo quisiera saber

que es lo que espera esta gente

----------- . -----------

Promesas como un vidente

acepta el pueblo tener

pasando ya por el frente

cual reina pudiera ser

----------- . -----------

El hambre que el pueblo siente

sólo él lo puede saber

viendo a su jefe que miente

algún día va a perder

------------ . ------------

Apagadas ya se sienten

las fábricas de taller

este obcecado presidente

muy buena la va a vender

Arepa de anís

Las calles de mi país

demuestran su gran avance

no teniendo ningún chance

que ese hueco de raíz

----------- . -----------

Ya la arepa de maíz

que perdió su gran lance

fue cambiado por barniz

gasolina de romance

----------- . -----------

Pero yo con el anís

y con mi mujer que dance

resuelvo los de París

¡Y mi país que aguante!

País desangrado

Unos rojos, unas gorras

con fanatismo desmesurado

agitando manos y porras

y un andar no pausado

------------ . ------------

zapato y ropa de gente pobre

un corazón de rabia guardada

y la ceguera que desdichada

clamando su merecido cobre

------------ . ------------

cual gran fiesta de toros

de rojos y colorines

país de grandes loros

tórtolas y codornices

------------ . ------------

Robos y tanta desidia

de gobiernos infelices

país que llenó de envidia

a muchos, muchos países

Y en su desesperación

apostó el pueblo a un Mesías

que demostró día a día

su verdadera pasión

Sueño loco

Una vez sentada a la mesa

un gran juego descubrí

y ese loco frenesí

que sobre la vida pesa

----------- . -----------

Me imaginé exterior

a este mi gran planeta

el cual me dio una meta

aún estando en su interior

----------- . -----------

Observé los muchos juegos

allí el desesperado pobre

buscando quehaceres nuevos

con qué conseguir un cobre

----------- . -----------

Más allá un loco que corre

deseando ganar carreras

sin que así llegue y borre

todas las demás barreras

Allí un joven tirado víctima de la droga

mostrando hasta que tan bajo

por matar penas que ahogan

somos un escarabajo

------ . ------------

Allí la puta resuelta

a conseguir su pan

y lucha entre la revuelta

de competencia sin par

------------ . -----------

Por allá una señorona

en su atildado balcón

le monta una llorona

a su marido mandón

----------- . ----------

Aquí un cuerpo tendido

con los bolsillos afuera

un ladrón que se ha vendido

vida de sombras le espera

----------- . --------------

El niño que contento

a la escuela se dirige

huyendo de aquel tormento

que en su casa se le aflige

----------- . ------------

Todos locos artistas

de un inmenso teatro

sin conocer el reparto

ni darnos ninguna pista

------------- . -----------

Pero regresé del sueño

y logré entrar al personaje

del cual ya soy el dueño

sin perder un porcentaje

-------- . -----------

Este teatro no cierra nunca...

Acostada en el diván

lleno de rabia fría

en su desvelado afán

llega hasta la apatía

----------- . -----------

Viendo lo malo que pasa

la venganza por sus venas

y por él yo siento pena

si todavía está en la casa

----------- . -----------

Es con la televisión

que resuelve su gran mundo

sin darse cuenta del rumbo

que ya toma su visión

------------ . ------------

Llora su amarga rabia

como una daga, un filón

aunque de forma sabia

apaga la televisión

--------- . ------------

Ya cumplió con su patria

y se larga al trabajo

sin saber que en Propatria

mataron a algún carajo.

Farsa e hipnotismo

Hablando hasta por los codos

hipnotizando al final

a pobres, ricos y godos

se encontraba el animal

------------ . ------------

Y su verborrea incoherente

que casi sabia parecía

hizo creer a la gente

su barriga no vacía

------------ . ------------

El ignorante en los barrios

fue usado como cañón

de una gran revolución

siendo en verdad un terrario

------------ . ------------

Invirtiendo en la construcción

de un parque que tantas veces

fue arreglado con creces

por las promesas de acción

----------- . ------------

Sembrando más corrupción

escarbando arcas vacías

sin llamar la atención

en las mansiones que hacían.

---------- . ------------------

Porque este puto gobierno

no mira ya su futuro

que el pueblo ya está maduro

y lo mandará al infierno

----------- . -----------

Que ya este pueblo no es tonto

que hartos de palabrería

cometerá una gran tontería

no ahora, tal vez pronto.

Rey de los ranchos

Con ranchos hacia la orilla

mi país perdió las millas

con tarantines graciosos

que hasta se ven jocosos

----------- . -----------

Un gobierno que ofreció

con gran algarabía

mejorar la economía

mira en lo quedó

----------- . -----------

Mientras llega Aladín

en su alfombra voladora

y finge ser paladín

de esa turba atronadora

------------ . ------------

Es que nadie logra ver

más pobreza en estas calles

mientras se logra entrever

la rabia que ronda El Valle

Ya perdimos la cordura

ya nada vuelve hacia atrás

la responsabilidad es futura

no tengo que ver con na´

Robos de revolución

Que gran noticia te doy

me voy para una embajada

ya que asesino soy

mira esa es la consigna

de esta revolución

----------- . -----------

que las calles se conviertan

en un gran mercado persa

mira, esa es otra consigna

de esta gran revolución

----------- . -----------

y si tú no estás de acuerdo

eres traidor a la patria

siendo una gran acrobacia

en este país estar cuerdo

----------- . -----------

Qué descaro, una persona

que tanto nos prometió

fácilmente se vendió

los robos no se mencionan.

Yo esperaba que el Mesías

la educación mejorara

y con empresas entrara

una economía mejor

-------------- . -----------

Pero ayudó a unos cuanto

y a otros los engañó

para seguir robando

lo poco que ya quedó

Amor truncado

Tus pasos siento y retumban

te acercas y mi temor

disfrutemos de esta rumba

yo siento como un temblor

------------ . ------------

Tu me llevas a la tumba

pero antes quiero saber

si ese ruido que retumba

motivo es de tu querer

------------ . ------------

No quiero perderte nunca

pero es diferente tener

un amor que ya se trunca

y que te envuelve también

Erizo de piel

Que me late el corazón

dos veces cuando te veo

tu tienes un camafeo

que me hace perder razón

----------- . -----------

Cuando tu tocas mi piel

me transformo en erizo

y sé que con tu hechizo

mi vida la vuelves miel

-------- . ------------

Y tu suave dulzura loca

que viene, se me atraganta

que me hace besar tu boca

hasta quedar sin garganta

------------- . --------------

Es que tu te has adueñado

de mí todo y mi razón

espero no haber dañado

con tu guitarra el diapasón.

Dedos sobre el teclado

Sus manos raudas corrían

sobre el blanco teclado

y parecía enamorado

de todo lo que escribía

----------- . -----------

el computador cansado

en la noche se adormecía

pero él estaba lanzado

de su tarea que agradecía

----------- . -----------

con un fuerte suspiro

"el mouse" ya se alejó

al ver que sin respiro

trabajo no le dejó

------------ . ------------

Así con los dedos tensos

y agobiado de trabajo

como si fuera un lienzo

o tocar un contrabajo

Es que la tecnología

te envuelve con hipnotismo

haciendo labor tu mismo

como si fuera una orgía

Perro fiel

Fiel amigo me proteges a mi

sin pedir; sólo cariño

no me trates como un niño

que debo aprender de ti

----------- . -----------

Con tu andar muy elegante

y tu estruendoso latido

andar de perro galante

que ensordeces los sentidos

----------- . -----------

Eres para mi garante

de bondad ya muy perruna

y aunque haya mucha hambruna

nunca quedarás cesante.

Hermosa mujer

Cual hermosa mujer

toca su cintura armada

logrando así saber

charrasquear a su amada

----------- . -----------

Pulso inexperto y joven

que en su suave cadencia

dulzura y torpeza roben

de la guitarra presencia

----------- . -----------

Esperanzado en sueños

de tonos muy musicales

y así llegar a ser dueño

de lo que alivia los males

------------- . --------------

La música y la alegría

que ofreces bella guitarra

tocada con armonía

y así al amor amarras

Me importan tus dulces sueños

que temprano se levantan

sé que quisieran ser dueños

de anhelos que ya te espantan

------------------ . --------------

Que el sexo no es malo dicen

si lo acompaña el amor

cabezas de pelos grises

lo dicen con gran honor

--------------- . -------------

esos sueños que acompañan

de la unión muy acoplada

sentimientos que te bañan

con garantía mejorada

Pena y angustia

De qué te pudiera hablar

que calme tu angustia y pena

si la poesía no consuela

ni tapa amarga verdad

----------- . -----------

Te puedo hablar de las flores

formando un ecosistema

no aliviando tus dolores

ni aún cambiando de tema

----------- . -----------

Estoy muy desesperado

lo único que provoca

mi boca cerrar con candado

o amarrarme como loca

------------ . ------------

Porque ¿Cómo puedes admirar

con la barriga vacía

lo bello de la poesía

y soñar con aspirar?

Pero no quiero darte

tristeza por estandarte

si no como luz aparte

mi poesía haga un lugar

---------- . ------------

Sobre el estómago el corazón

y me darás la razón

a pesar de tu desazón

caerá miel a tu tazón

--------- . -----------

Y sonreirás al final

mirando a tu alrededor

donde tu agradecerás

los cantos del corazón

Un nuevo idioma

Quisiera un idioma

para mi solita

que me dé axiomas

y letras chiquitas

----------- . -----------

y nuevos sonidos

con acentuaciones

con grandes chasquidos

e imaginaciones

----------- . -----------

Así mi poesía

contenta y florida

nace al otro día

guardando medidas

----------- . -------------

¿Qué tal si mi rima

llevada a mi idioma

la das y la tomas

besando, mi prima?

--------- . -------------

Haría lo que quiera

con estas palabras

sin ser quimera

sólo abracadabra

-------- . ---------

nació mi poesía

sin medida alguna

sin llegar vacía

al alma moruna

La locura de la musa

Vertiente de suave luz

acompañas mi poesía

tendiendo en cuatricromía

pensamientos en alud

----------- . -----------

La musa me lleva lejos

y así en suave bosquejo

un perfumado cantar

puede hacerme suspirar

----------- . -----------

Y casi como un canto

que de la nada sale

te envuelve con su manto

y dice:"Escribe, vale"

------------   .   ------------

Cual robot va la mano

en esta poesía febril

sin escribir en vano

desde mayo y hasta Abril

Termina cansado al fin

el poeta en su locura

con rimas, trazos, en fin...

dando forma a su escultura.

Búsqueda infinita

¿Pero...Quién soy?

todos se preguntan sin pronta respuesta.

antes yo también. Ahora quizás no.

obtuve esa respuesta. Diré quién sé que soy.

- -------------

Ahora me pregunto ¿y donde estoy?

estoy en la tierra y soy un caracol.

estoy en el sol como rayo de luz.

estoy en la nieve. Soy frío tenaz.

- -------------

Estoy en la zarza. Ofrezco maldad.

estoy en la niebla, y sientes temor.

conjugo mis alas. Soy vuelo sutil.

mis nervios. Tus nervios. Soy todo sin fin.

- ----------------

Madrugo en las casas como suave olor.

voy dentro del frasco de miel de mi amor.

subyugo a los peces a nadar en mí.

y obligo a los pájaros a posarse en mí.

- ---------------

Soy fríjol. Soy brizna.

en carbón encendido también estoy.

¿Quién soy? Ya lo sé.

soy todo y soy nada.

- --------------

No puedo explicarlo, pero ya lo sé.

que frío es el cuerpo.

y pide calor.

también me doy cuenta que yo soy el sol.

Anhelo de estrellas

Siento un gran anhelo

deseo quizás un pelo,

cualquier cosa detrás del velo

que me haga sentir amada

....

El sexo es una gran cosa

pero es también como la loza

frío de muerte y un poco sosa.

....

No el calor de las estrellas

que a veces poseen las bellas

cuando en espíritu fogoso

se cae del amor en el foso

....

Daría todas mis vidas

por encontrar en el camino

un ser; no Divino

que me dé cabida

....

Y sintamos tensión de niños

correr, correr, saltar, saltar

arrugado todo el corpiño

sentir, sentir. Amar, amar.

....

Que unido en propósito

admire mi ser

que yo en amor tácito

admire su ser.

……………………

Que como en agua el pez

y como la noche oscura ves

él sienta y sepa que mi anhelo es…

¡Ser eterna otra vez!

Cuento contado

Quisiera contar un cuento

contado sin fantasías

pero tu ceño arrugarías

porque no sería un cuento

....

Quisiera que fuera azul

y muy lleno de esperanzas

y que te llegara

hasta el fondo de tu alma

....

Y que al leerlo sintieras

como todas tus quimeras

vuelven a la vida

cual mágico Midas

....

Y que el azul del cuento

penetrara en tu piel

alterando elementos

como al agua la hiel

Y que tengas certeza

con amor o sin él

de esa gran pureza

que eres como ser

....

Que entres en mi cuento

y venzas al malvado

que veas tus heridas

como cobran vida

....

Que no hay fantasía

y que fuera aquel cuento

de nunca acabar.

y este es el cuento

que quiero contar.

Verde Libertad

Hundida en la piedra me encontraba un día

la gente admiraba mi tenacidad

mi verde follaje se entretejía

y los niños abusaban de mi humildad.

la piedra sentía su espacio ocupado

Pero hasta las hormigas mascaban mis hojas

mis hojitas seguían mirando

como la piedra me iba apretando

Y ese apretón más fuerte me hacía

la piedra su espacio perdía

....

Los niños seguían jugando, jugando

mientras la vida iba

pasando, pasando.

¡Qué tontos! - pensaba.

qué cómoda estoy. Brillaba la luna.

que tierno es el sol.

La hierba no me alcanzaba

hasta la piedra me admiraba

y yo seguía y seguía

quería alcanzar y alcanzar

¿Dónde está eso que quiero alcanzar?

Mi ser sólo dice alcánzalo, alcánzalo

allí está. Sigue, sigue y lo alcanzarás.

Y al fin allí está.

Tiene ojos me mira.

tiene dientes. Sonríe.

y él me ama y por eso

¡Acaricia mis hojas!

Juego de niña

Una vez fui niña

mi casa era muy bella

una quieta casa de pájaros

perros, tortugas y gallinas

la vida sonreía

desperté con el sexo

pero no estaba viva

volví a vivir de nuevo

cuando amé a alguien y morí de nuevo.

me cansé de este círculo

no para y se detiene

soy niña, juego y muero

¿Por qué no soy niña siempre?

¿Por qué no juego siempre?

o ¿Por qué no muero por siempre?

siento un vacío de esperanza

Una sed de algo que no llega

un ser reprimido en las quimeras

soy raíz, me arrastro y doy pena

aunque quiero volar, estoy muerta.

estoy atada a un suelo

y aunque desgarre el velo

no es fértil y lo observo

más no puedo alzar el vuelo.

y las hormigas miran

yo creo hasta que se ríen.

Deseo hablar y decirles:

yo soy, yo soy, yo soy

no puedo, no me escuchan

y aquí yo sola estoy.

pero creé este ciclo.

seguiré mi camino.

aunque ya muerta estoy.

Puntos de colores

Colores, colores

que lindos colores

siento que el arco iris

hasta llora de envidia

…

Y los colores, son los colores

la fruta es dulce

la semilla amarga.

pero los colores,

son eso, colores.

vibrando vacíos

de nubes coposas

puntitos brillantes.

Colores, colores.

Dulces frutos

Estoy aquí en cuerpo y sin alma

pues mis niños preciosos muy lejos están

acaricio esperanza y no pierdo la calma

de que pronto yo parta a donde ellos están.

....

Son tres frutos orgullo, altos como la palma

juguetones, vivaces y con la lata que dan

hacen joven mi alma

no lo puedo negar

....

y dan luz a mi vida, su presencia fugaz

que bellos son mis niños

grandes hombres serán

y su madre victoriosa también cantará

....

Luz infinita

Quisiera dormir

y quitarme esa capa

y quitarme la otra

y la otra y la otra

hasta esa piedra brillante

que la admiración

los dejó mudos

y ver que al atardecer

de cigarras chillonas

se oscurece en la arena

pues ya nada me toma

por vulgar e insensata

Aún se asoma el brillo

de mi fino espíritu

en una suave brisa

que acompaña a la espiga

Y retornan silencios

suaves de azucenas

que dicen lo espléndido

lo bello y lo sutil

de un gran espíritu

que fluye en la pena

Y se levanta…

Y se levanta.

Es de día, no se puede dormir

el sol lastima.

No te puedes esconder

pero en el fondo

una luz infinita:

es la libertad.

no puedo dormir.

¡No debo dormir!

Dulce quietud que vibra

Siento una música vibrar

y no puedo parar de cantar

es la alegría de la mañana

es el saber que el amor está aquí

....

Si. Sé que me sientes muy bien

que invado tu cuerpo también

es la luz del amor esperado

que sabemos que ya va a llegar

....

Es ese intuir que calienta tu cara

y te azora con delicadeza

fulgurando temblor en tu ser

con tu fuerza de diez mil planetas

....

Sientes que puedes luchar

algo envuelve tu naturaleza

es quietud que te hace vibrar

....

Siento mío tu querer y te quiero

como delicado dulce terciopelo

sensación, sensación, sensación

protección amorosa conmigo

como sueño plateado y azul

………..

Con un vuelo de nube fugaz

vienes muy dulce hacia mi

delicado y etéreo tu amor

no hay palabras. Sólo amor.

Himno de sentidos

Canto de pájaros, luz espumosa

suave cadencia de sol

dulce carmín de amapola

breve fragancia sutil

En un mar de recuerdos

bello horizonte de luz

naranja plácida me envuelve

memorias de bella niñez

Y es que este prado es un prado

de fuerte tersura de tul

donde el viento silva

Y la grama canta

como un sonrosado

vaivén de abedul

y siento que el canto es un himno

Queriendo hacerme sentir

que las almas buenas ganan

que más ya no debo gemir

Y sonrío...

Soy transparente y recuerdo

¡Ya no me puedo mentir!

El hombre y el niño

Grietas azules salpicadas de cobre

trenzado de piedras inermes

fuerza engarzada de luz

con un vacío aterrador

……

Musgo suave y húmedo da

grata sensación en la piel

Corre una gota melosa

con mil colores. ¡Qué luz!

…………

Aleteo suave de mariposa

aunque parece brisa loca

y la inconmovible montaña

Siento me mira al pasar

…………..

Majestuosa intimida

Caricias de suave viento

verde de terciopelo

su penetrante mirada yo siento

....

Mira sin emitir parecer

Este garbo indecente de ver

Maldad horrenda de ser

Que posee abyecto poder

....

Ella quieta me contempla

Y enmudecida ella grita

Tengo amor por los niños

Odio a los hombres también

....

Y es que estas cosas son locas

Pues son lo mismo a la vez

Pero los juegos del uno

Que alegrías y risas son

Compensan los juegos del otro

pena, maldad y dolor.

Oda al ser amado

Vacíos inmensos de piel

futuras avenidas se esparcen

grises los tonos de pasión

amor ausente por doquier

- -------------

Amo el placer, amo el sentir

amo el ser niña otra vez

¿Dónde está ese espíritu amado?

¿Dónde está mi consuelo en las penas?

¿Dónde está el que mis lágrimas besa?

- ....

Te amo sin conocerte

ya que estás en mi piel

inmenso tú eres

el mar no se ve

- ....

El ruido en la playa

no opaca tu amor

siento miedo, después paz

al saber, que en algún lugar

tu estás

Si. Estás en mi piel

en mi anhelo de ser

....

Fluyes dentro como nube sutil

en mi sangre, en mis venas y en todo

estás conmigo y en mi

y me envuelves como un gran lodo

…………..

Te diré bajito: Te amo

en un esfuerzo vano

por alcanzar algo que al fin

se encuentra dentro de mí

Amor de estrellas

Que lindas son las estrellas

siempre las miré lejanas

nunca creí que podía estar aquí

calladita en medio de ellas

…………..

SILENCIO.

No quiero que ellas sepan

que en medio de ellas estoy

…………………

SILENCIO

me siento feliz aquí

no las perturben por mí

....

SILENCIO

Las fuertes voces las lastiman

no quiero que noten mi falta de luz

....

SILENCIO

Aquí en las estrellas me siento vivir

corrientes heladas, calientes sentir

....

SILENCIO

No quiero sentir, así me descubren

y de verdad admito, aquí soy feliz

....

SILENCIO

Ellas calladitas me dan lo que soy

respiran, yo absorbo

sé que gotas de oxígeno, éstas no son

pero a mí me dan vida e intuyo que son

y son sólo eso: torrentes de amor.

SILENCIO

Amargo sabor

Toda ella surgió de la nada

y sabía que podía ser amada

así que no sirvió de carnada

y pronto sintiose impulsada

....

Vio que algo la llevó al amor

claro, no sabiendo el gran horror

ya que esto le daría el fragor

de la guerra, sin sentir temor

....

supo blandir la dulce espada

dándose una gran escapada

ya que sintiose bamboleada

poder así lanzar la granada

....

y padeciendo en sí, el dolor

que le trajo el mágico amor

como un cambio de suave color

dejando aquel amargo sabor.

Sabor amargo

Toda ella surgió de la nada

vio que algo la llevó al amor

y sabía que podía ser amada

claro, no sabiendo el gran horror

....

Así que no sirvió de carnada

ya que esto le daría el fragor

y pronto sintiose impulsada

de la guerra y sin sentir temor

....

supo blandir la dulce espada

y padeciendo en sí, el dolor

dándose una gran escapada

que le trajo el mágico amor

....

ya que sintiose bamboleada

como un cambio de suave color

poder así lanzar la granada

dejando aquel amargo sabor.

Samargo abor

Vio que algo la llevó al amor

toda ella surgió de la nada

claro, no sabiendo el gran horror

y sabía que podía ser amada

....

Ya que esto le daría el fragor

así que no sirvió de carnada

de la guerra y sin sentir temor

y pronto sintiose impulsada

....

y padeciendo en sí, el dolor

supo blandir la dulce espada

que le trajo el mágico amor

dándose una gran escapada

....

como un cambio de suave color

ya que sintiose bamboleada

dejando aquel amargo sabor

poder así lanzar la granada.

Canción a una amiga

Lanzando al vacío su fláccido cuerpo

que muy lacerado quizá piensen muchos

terminó mi amiga un suplicio grande

embargada ya en conflictos mutuos

……………

¿Cuándo volveré a ver tu sonrisa?

¿Qué jugada extraña te planteó la vida?

dime Margarita, si eras como brisa

que nos inclinaba a sentir envidia.

……………

¿Qué fue eso tan fuerte que no confrontaste?

¿Qué te permitió abandonar tus niñas

seres que me consta hasta el cielo amaste,

y alegría forjaste formando tu viña?

....

Nunca comprendimos este cruel destino

y así recordaremos tu dulce sonrisa

que ayudará a olvidar ese loco desatino

y no tu mágica amistad de suave brisa.

Pequeño universo humano

Ensimismado el hombre en constante vagar

muchas veces olvida diminutos detalles de este lugar

la hormiga que constante trabaja sin parar

y el galante palomo que sabe agasajar

……………..

En su propio mundo procura olvidar

que otros también suelen compartir

los mares, cielos y aire al respirar

el suelo mismo, al tocar partir

………………..

y se ve que en todo no logra mirar

queriendo el universo asir

mirando en su mente, sin poder fijar

que aquí todo toma distinto cariz.

www.ingramcontent.com/pod-product-compliance
Lightning Source LLC
LaVergne TN
LVHW010453160826
845677LV00012B/2468

* 9 7 9 8 4 0 8 2 7 5 8 6 1 *